PAUL WHITE
UNTER DEM BUYUBAUM

D1574705

A. Thamm

Unter dem Buyubaum

Tierfabeln aus dem afrikanischen Busch

erzählt von
PAUL WHITE

R. BROCKHAUS VERLAG WUPPERTAL

Originaltitel: Jungle Doctor Fables
Verlag: The Paternoster Press, Exeter, Devon
Deutsch von Wendelin Baumeister

Jubiläumsausgabe 2003
16. Auflage
© R. Brockhaus Verlag Wuppertal
Umschlag: Walter Riek
Satz: QuadroMedienService,
Bergisch Gladbach-Bensberg
Druck: Bercker, Graph. Betrieb, Kevelaer
ISBN 3-417-23150-7
Bestell-Nr. 223 150

Inhalt

VORWORT

In den weiten Steppen Ostafrikas liegt das Hospital
des Dschungeldoktors. Daudi, einer der Kranken-
pfleger, ist gerade dabei Medizin zu mischen. Es ist
später Nachmittag und die Schatten liegen lang über
der Ebene.

An der Tür zur Apotheke sitzen, fast schon im
Halbdunkel, die Patienten plaudernd beisammen. In
dem knorrigen Buyubaum über ihnen streiten lär-
mend die Spatzen. Dann und wann dringt ein Ruf
aus dem benachbarten Dschungel herüber.

»Ich habe schreckliche Angst vor Löwen«, beginnt
einer die Unterhaltung. Sein Kopf und seine Beine
sind noch dick verbunden. Ein hoch aufgeschossener
schmaler Junge muss erst mit seinem Husten fertig
werden, bevor er herausbringt, was er sagen will:

»Wenn ich an Schlangen nur denke, so läuft mir
schon eine Gänsehaut über den Rücken.«

Aus dem Hintergrund kommt eine müde Stimme:
»Aber erst Kifaru, das Rhinozeros! Seine Füße
machen, dass die Erde erzittert, und sein furchtbares
Horn ...« Mehr kann er nicht sagen, denn vor Fieber
und Angst schlagen seine Zähne laut gegeneinander.

9

Daudi wiegt in der Apotheke weißes Pulver ab und schüttet es in eine Flasche.

»Noch viel mehr fürchten muss man Mbu, den Moskito, die Zecke Pappasi und die Fliege Hazi«, sagt er und tritt in die Türöffnung.

»Das sind zwar kleine Tiere, doch sie töten tausendmal mehr Menschen als all die großen Raubtiere zusammen. Aber es gibt etwas, das ist noch viel gefährlicher und immer tödlich ... Ich will euch davon erzählen«, fährt Daudi fort, »denn man muss darüber genau Bescheid wissen.«

Einige Männer haben Gras und dürres Holz mitgebracht. Sie machen sich immer, wenn sie so zusammensitzen, ein kleines Feuer.

»Wie viele Seiten hat dieser Kanister?«

Daudi hält einen großen Ölbehälter in die Höhe, den die Leute neugierig betrachten.

»Vier Seiten hat er«, sagt einer.

»Und dazu einen Boden und einen Deckel«, ergänzt M'gogo.

Daudi nickt. »Auch die Gefahr, von der ich euch erzählen will, hat viele Seiten. Hört zu ...«

Die große Mauer

Viele Augen richten sich auf Daudi, der im Schein des Feuers steht. Mit seiner tiefen Stimme beginnt er zu erzählen:

Der ganze Urwald war in Aufregung. Unter einem Buyubaum versammelten sich eines Morgens alle

Tiere um zu beraten, was zu tun wäre. Denn plötzlich, über Nacht, war eine riesige Mauer quer durch den Dschungel entstanden. Sie war hoch und breit und, so weit Twiga, die Giraffe, es beurteilen konnte, überaus dick.

»Alles Schöne unseres Landes ist auf der anderen Seite der Mauer«, brüllte Simba, der Löwe. »Die grünen Bäume, die uns Schatten spenden, der große See mit seinem herrlich blauen Wasser und die frischen, kleinen Bäche, die von den hohen Bergen kommen.« Sein Gebrüll endete in einem bösen Knurren.

»Es ist wahr«, jammerte Twiga, »auf dieser Seite gibt es nur Dornen, Staub und Wüste. Und selbst die Wasserlöcher sind voll Schlamm!«

Faru, das Rhinozeros, war wütend.

Es schnaubte und stampfte und seine kleinen Augen glühten.

»Kah«, seine Zunge fuhr hin und her wie eine Kreuzbandsäge. »Das ist vielleicht eine Mauer! Aber ich will sie *durchbrechen*!«

Alle Tiere nickten mit den Köpfen. Vielleicht war das ein Ausweg.

Faru trabte zurück um Anlauf zu nehmen. Dann galoppierte es, so schnell es seine kurzen Füße trugen, auf die Mauer zu. Der Staub wirbelte unter seinen Hufen auf, gefährlich ragte das Horn

12

in die Höhe. Näher und näher kam die Mauer. Faru senkte den Kopf: Rummms!

Benommen taumelte Faru zurück.

Die Mauer aber stand, stand unverändert wie zuvor.

Das Rhinozeros fühlte die Augen aller fragend auf sich gerichtet. Laut schnaufend nahm es einen neuen, noch weiteren Anlauf. Diesmal stemmte es seine Hinterfüße gegen einen starken Baum, um sich kräftig abstoßen und noch schneller laufen zu können. Die Erde bebte. Der Staub wirbelte in großen Wolken auf und wieder stürmte es gegen die Mauer: Rummms!

Aber auch diesmal wankte es zurück. Es kauerte sich nieder und strich sich vorsichtig über sein verbeultes Horn. An seiner Stirn wuchs sichtbar eine große Beule und seine Augen stierten verdreht in die Luft. In seinem Kopf aber drehte es sich wie Kifulafumbe, der Wirbelwind.

»Jaja«, sagte Twiga, die Giraffe, nach einer Weile um das Gespräch wieder in Gang zu bringen »das ist wahrhaftig eine starke Mauer.«

Jumbo, der Elefant, schwenkte seinen Rüssel und im gleichen Takt, nur nicht ganz so schnell, wedelte er mit seinem Stummelschwanz.

»Man braucht eine kräftige Schulter, wenn man eine Wand wie diese umwerfen will«, trompetete er, schritt auf die Wand zu und prüfte sie nach Elefantenart mit dem Rüssel. Dann warf er sich mit seiner großen, mächtigen Schulter dagegen: einmal, zweimal, dreimal, viermal ...

Aber die Wand gab nicht nach, nicht um die Breite seines Schwänzchens.

Langsam drehte Jumbo um und nahm die andere Schulter.

In kleinen Wolken puffte der Atem am seinem Rüssel, während er sich immer wieder von neuem gegen die Mauer stemmte. Endlich schlich auch er erschöpft zur Seite und kauerte sich neben Faru.

»Wahrhaftig«, stieß er noch immer atemlos hervor. »Durch diese Mauer gibt es keinen Weg. Sie ist zu dick.«

Dann entfernte er sich zum Sumpf hin, um kühlen, weichen Lehm auf seine Wunden zu spritzen.

Da machte sich Mbisi, die Hyäne, mit ihrem unangenehmen Lachen bemerkbar:

»Tiere mit großer Kraft und kleinem Verstand sind einer solchen Aufgabe nicht gewachsen. Ich aber bin bekannt für meine Schlauheit. Ich werde einen Weg *um die Mauer herum* finden.«

In ihrer Stimme war ein Ton, der viele Tiere ärgerlich die Stirn in Falten legen ließ. Twiga, die gerade an einigen Schoten hoch oben in der Krone eines Dornbusches knabberte, sah aus ihrer majestätischen Höhe herunter.

»Oh, gewiss«, sagte sie und ließ ihre lange Zunge durch die Mundwinkel gleiten, »zeige du uns den Weg der Weisheit!«

Mbisi kehrte ihr den Rücken zu und trollte sich davon. Auf kleinen verschlungenen Pfaden verschwand sie längs der Mauer.

Die Sonne ging unter. Den wartenden Tieren knurrte der Magen. Aber auch als der Mond über der Mauer aufstieg, war von Mbisi noch nichts zu sehen. Ein neuer Morgen brach an. Aber wer nicht kam, war Mbisi. Es wurde wieder Abend. Noch immer kam Mbisi nicht zurück.

Am folgenden Tag trafen sich die Tiere wieder unter dem alten Buyubaum und warteten gemeinsam auf die Rückkehr der Hyäne, die sie heimlich den Straßenreiniger des Dschungels nannten.

Unter großen Schwierigkeiten und mit Hilfe Nyanis, des Affen, hatte das Rhinozeros Faru sein Horn wieder gerade gebogen. Es fühlte sich wieder frisch und mutig. Ndeje, der Vogel, pickte die Zecken, aus seiner Haut und flüsterte ihm ins Ohr, dass die ganze Sache doch sicher halb so schlimm sei.

Jumbo, der Elefant, ließ behutsam kühlen

Schlamm über sein schmerzendes Rückgrat rieseln. Er trompetete leise und murmelte sich tröstliche Worte zu – Worte, die den anderen wie ferner Donner klangen.

Twiga suchte sich still die schönsten Schoten aus dem Wipfel eines Umbrellabaumes. Nyani, der Affe, lamentierte und stritt mit seinen Stammesgenossen. Nzoka, die Schlange, lag zusammengerollt im warmen Sand und träumte vom Fressen.

Endlich, bei Sonnenuntergang, kam Mbisi auf wunden Pfoten angehinkt. »Oh«, murmelte sie und streckte den Kopf niedergeschlagen zwischen die Vorderbeine, »es war umsonst. Es gibt keinen Weg, um die Mauer herum. Sie hat weder einen Anfang noch ein Ende.«

Langsam rollte Nzoka, die Schlange, ihren langen Leib auseinander und hob den schlanken Kopf: »Jäh«, zischte sie, ihr seid stark und schlau und könnt viele Meilen laufen. Ich aber, Nzoka, kann mich nach allen Seiten biegen und winden ... Ich werde einen Weg *unter der Mauer her* finden.«

Sekunden später schon beobachteten die anderen Tiere, wie ihr Schwanz in einem Loch nahe der Mauer, die den Dschungel teilte, verschwand. Sie warteten aufmerksam, aber alles blieb still.

Die Zeit verging. Am Spätnachmittag kehrte die

16

Krähe an ihren Baum zurück und krächzte ihr Abendlied. Gerade wollten sich die anderen Tiere auch auf den Nachhauseweg machen, als ein Staubwirbel am Fuß der Wand sie aufmerken ließ.

Alle Augen richteten sich groß auf jenen Punkt.

Dann erschien plötzlich Nzokas Kopf, der Mauer zugewendet,

»Jäh«, zischte sie in wildem Triumph, »ich habe es geschafft! Von allen Tieren des Urwalds habe ich allein den Weg auf die andere Seite der großen Mauer gefunden.«

»Es tut mir wirklich Leid«, sagte Twiga sanft und neigte scheinheilig ihren langen Hals bis fast an den Boden. »Aber noch bist du auf derselben Seite wie wir alle.«

Nzoka fuhr herum. Zornig peitschte sie den Staub und schrie: »Jäh, ich habe mich große, weite Strecken durch die Erde gewühlt und mich immer geschickt zurecht gefunden. Niemand kann mir nachmachen, was ich getan habe. Es gibt keinen Weg unter dieser Mauer hindurch.«

»Das ist wohl wahr«, nickte Twiga und verschloss sorgsam ihre lange Zunge hinter den wulstigen Lippen.

Nyani, der Affe, aber rief: »Ich will darüber hinwegklettern.« Er schwitzte vor Erregung, schwang seinen Schwanz und lockerte seine Muskeln. Mit

einem Satz war er an der Mauer und kletterte höher und höher. Aber je weiter er kam, umso kleiner wurden die Griffe und Tritte. Plötzlich reckte sein Schwanz sich erschrocken in die Höhe – seine Hände griffen ins Leere.

Er begann zu rutschen, dann fiel er, sich überschlagend, nach unten. Er landete auf dem Rücken genau zu Füßen der Giraffe.

Nyani schnappte nach Luft.

»Kah«, schnaufte er und kratzte sich aus reiner Gewohnheit. »Stell dich an die Mauer, Twiga. Ich will deinen Schwanz hinaufrennen, über deinen Hals klettern und von deinem Kopf hoch hinauf auf die Mauer springen. Dann kann ich mit größerer Kraft weiterklettern und die Spitze erreichen.«

Twiga tat, was Nyani wollte. Er ergriff den Schwanz der Giraffe, war mit einem Schwung auf ihrem Rücken, den Hals hinauf, sprang von ihrem Kopf an die Mauer und kletterte, kletterte und kletterte.

Aber wieder, noch weit von der Spitze entfernt, lockerte sich sein Griff und die Tiere des Dschungels sahen Nyani in hohem Bogen durch die Luft gesaust kommen.

Vor den Füßen Jumbos schmetterte es ihn auf den Boden. Jumbo reckte seinen Rüssel und versuchte ihn mit künstlicher Atmung wieder auf die Beine zu bringen. Dann packte er ihn beim Schwanz und hob ihn in die Höhe.

»Kumbe, Nyani«, brummte er. »Wie steht es mit dem Weg über die Mauer?«

»Tja«, keuchte Nyani mit der Anstrengung derer, die mit dem Kopf nach unten hängend reden müssen: »Keiner im ganzen Dschungel klettert so wie ich. Es kann bestimmt keiner über diese Mauer. «

Nun hatten die Tiere alles versucht. Aber sie hatten keinen Ausweg gefunden. Weder durch die Mauer noch über sie hinweg, weder um sie herum noch unter ihr hindurch.

Da bemerkten sie plötzlich, dass diese Mauer einen Namen hatte. Er stand in großen Buchstaben daran geschrieben, doch konnten ihn nur die lesen, die verstanden, was er bedeutete. Twiga, die Giraffe, aber wusste nicht, was sie damit anfangen sollte. –

»Tja«, sagt Daudi in das erwartungsvolle Schweigen hinein, »aber sie waren ja auch nur Tiere. Wisst denn ihr, wie diese Mauer heißt? Man kann sie nicht durchbrechen. Sie ist so hoch, dass man nicht darüber klettern kann, und es gibt weder einen Weg unter ihr hindurch noch um sie herum.«

Einer der Zuhörer, er trägt einen dicken Verband über dem linken Auge, beugt sich vor und sagt: »Der Name jener Mauer ist Sünde.«

Daudi nickte. »So ist es. Die Sünde ist die große Mauer, die uns von Gott trennt. Aber es gibt Leute, die wissen, dass es doch einen Weg auf die andere Seite der Mauer gibt. Denn sie hat ein Tor! Jesus, der Sohn Gottes, sagt: ›Ich bin die Tür. Wer durch mich eingeht, wird gerettet werden.‹ Warum also sollten wir noch länger auf der falschen Seite der Mauer bleiben?«

Die Flammen des Lagerfeuers werfen ihr flackerndes Licht auf die Gesichter der Zuhörer. Einige nicken bedächtig mit den Köpfen. Und M'gogo stützt sein Kinn in die Hände. Diese Geschichte beunruhigt ihn.

Die Falle

Perembi, der Jäger, stellte eine Falle auf. Sie bestand einfach aus einem Ölkanister, in den oben ein Loch geschnitten war. Perembi hatte ihn mit Sand und Steinen gefüllt und eine Schicht Erdnüsse darauf gestreut. Er brachte ihn unter einen Buyubaum im Dschungel. Dann entfernte er sich schnell und setzte sich beobachtend in den Schatten.

Es dauerte nicht lange, da kamen die Stammesgenossen Nyanis, des Affen, in großer Zahl herbei. Und schon stieg der Duft der Nüsse verlockend in ihre Nasen. Laut schwatzend kamen sie näher. Einer, Toto, wagte sich an den Kanister heran. Er packte und schüttelte ihn. Tiefsinnig starrte er hinein und legte seine Nase schnuppernd an die Öffnung. Aah, das roch gut!

Sein Affenverstand sagte ihm: Du brauchst nur die Pfote durch das Loch zu stecken und schon gehören alle Nüsse dir!

Toto blickte sich um. Der Duft in seiner Nase redete eine deutliche Sprache. Blitzschnell fuhr seine Pfote in das kleine Loch und fasste so viel

Nüsse, wie sie nur irgend halten konnte. Nun schnell heraus damit. Aber sie schmerzte am Gelenk und ging nicht durch die Öffnung. Die Hand mit all den Nüssen passte nicht durch das Loch!

Toto jammerte laut. Und die anderen Affen schrien und zeterten durcheinander. Sie überboten sich in guten Ratschlägen. Mit aller Kraft zog Toto an seiner Pfote. Aber es half nichts.

Perembi hatte genau gewusst, wie groß er das Loch zu schneiden hatte.

Twiga lugte plötzlich über einen Dornbusch:

»Lass die Nüsse los, Toto«, rief die Giraffe freundlich, »dann bekommst du deine Pfote frei.«

Aber im Stamm der Affen war es nicht Sitte, Nüsse, die man einmal hatte, loszulassen.

Wieder rief Twiga: »Merkst du es denn nicht? Es sind die Nüsse, die dich fest halten. Lass sie doch los, dann bist du frei.«

Der Jäger im Schatten schmunzelte. Er griff nach seinem Sack, fasste den Stock fester und ging langsam auf den Affen zu.

Toto in seiner Angst warf den Kanister um und schleifte ihn hinter sich her. Aber trotzdem bekam er seine Pfote nicht frei.

Mit großem Geschrei zogen sich seine Genossen in die Baumkronen zurück.

»Lass doch die Nüsse los und lauf weg!«, schrie Twiga verzweifelt.

Aber was ein rechter Affe ist, der lässt nicht los, war er einmal hat.

Toto schrie zwar auf und wollte weglaufen, aber die Falle hielt ihn fest. Perembi, der Jäger, schwang seinen Stock. Taumelnd fiel Toto zurück. Seine Finger lösten sich, die Nüsse rollten wieder in den Kanister. Seine Pfote war frei, aber dafür kam er selber in den großen dunklen Sack. Wie ein Affe hatte er gehandelt und wie ein rechter Affe war er gefangen worden. –

Lange bleibt alles still. Traurig schüttelt Daudi den Kopf, dann sagt er: »Wer kann dieses Rätsel lösen? Wisst ihr, welchen Namen diese Falle trägt?«

Ein Flüstern geht durch die Runde. Dann sagt jemand:

»Der Name der Falle ist Sünde.«

Daudi nickt.

»Nur wer nicht klüger ist als jener Affe, kann glauben, dass er dieser Falle entrinnen wird, solange er gewisse Dinge festhält, die ihm unweigerlich Gefangenschaft und schließlich den Tod bringen. Darum sagt die Bibel: Der Lohn, den die Sünde bezahlt, ist der Tod.«

So sicher wie Gift

Daudi malt mit dem Finger Zahlen auf die Erde:

$$1 + 1 = 2$$
$$2 \times 2 = 4$$

»*Das kennen wir*«, *sagen die Eingeborenen um ihn herum.* »*Zwei mal zwei ist vier.*«

»*Sicher*«, *sagt Daudi,* »*das ist eine Rechnung, die stimmt!*«

Alle lachen und Daudi fährt fort: »*Das Ganze ist ein Rätsel.*

Passt auf.«

Nzoka, der Vater einer Schlangenfamilie, gehörte zu jenen Leuten, die bei voller Verpflegung dauernd Hunger leiden.

»Es ist nie so viel Futter da, dass ich mich ordentlich satt essen kann«, beschwerte er sich bei seiner Frau.

»Jäh«, zischte die und ihre Zunge fuhr hin und her wie der Blitz: »Warum holst du dir nicht selber, was du brauchst?«

Nzoka funkelte böse: »Ich habe viel darüber nachgedacht. Mein Magen treibt mich dazu. Von jetzt an werde ich mich auf meine eigene Weise verpflegen.«

»Sieh dich vor!«, warnte seine Frau. »Du wirst ins Unglück rennen. Denn wo dein Magen anfängt, da hört dein Verstand auf.«

»Ich werde schon aufpassen. Und passieren wird mir bestimmt nichts«, zischte Nzoka.

»Kah«, sein Weib spie verächtlich aus. »Das werden wir ja sehen!«

Nzoka brummelte etwas vor sich hin von Frauen, die viel unnütze Worte machen und schlängelte sich durch den warmen Sand bis in die Nähe von Perembis Haus. Dessen Sohn hatte sieben Hühner. Das fleißigste davon war die Henne Kuku. Gerade hatte sie ein Ei gelegt. Sie gackerte laut um es allen mitzuteilen.

Nzoka, dessen Magenwände vor Hunger förmlich aneinander klebten, hörte es. Seine listigen Augen rollten und genießerisch fuhr seine Zunge hin und her:

»Wenn Kuku gackert, so bedeutet dies das Ende aller meiner Nahrungssorgen.«

Leise glitt er an das Haus heran.

Die durch Äste verstärkten Lehmwände der Hütte hatten unter Sonne und Wind gelitten. In der Nähe des Bodens war die Lehmschicht von dem Rutengeflecht abgebröckelt. An einer Stelle konnte Nzoka seinen schlanken Leib gerade zwischen den Stäben und dem Erdboden hindurchzwängen.

Da, vor ihm, neben dem großen Getreidebehälter, lag das Ei!

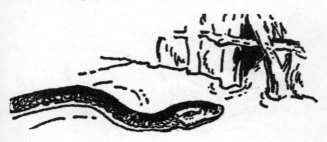

Schnurstracks kroch er darauf zu. Es war noch wunderbar warm, gerade so, wie es Schlangen besonders gern mögen.

Weit öffnete Nzoka sein Maul, sein Kopf reckte sich vor und schon war das Ei verschwunden. Als dicker Wulst lag es hinter seinem Hals. Leise schob er sich zu dem Loch in der Wand zurück. Schon war der Kopf hindurch, aber der Wulst mit dem Ei klemmte. Vorsichtig drückte er die Schale an den Kanten seines Durchschlupfes ein und schon fühlte er die ganze Herrlichkeit durch seinen Magen strömen.

Zufrieden presste er sich ganz durch den Spalt. Dabei verteilte sich das Ei köstlich in seinem ganzen Körper.

Zu Hause angekommen, ringelte er sich zwischen den Wurzeln des großen Buyubaumes zusammen und schlief den Schlaf der Satten.

Sein Weib aber weckte ihn auf.

»Heeh«, nörgelte sie, »wo bist du gewesen, was hast du getrieben?«

Nzoka peitschte ärgerlich mit dem Schwanz.

»Ich gehe meine eigenen Wege und folge meiner eigenen Klugheit. Mein Magen ist so fröhlich wie nie bisher, wenn du für mich gekocht hast.« Er schloss die Augen, aber seine Frau fuhr fort:

»Jäh«, sagte sie, »nimm dich in Acht. Du läufst ins Unglück! Wege deiner Weisheit! Dass ich nicht lache!« Und giftig spie sie vor ihm aus.

Nzoka lächelte nachsichtig. Er war zufrieden. Seine Frau war voller Worte, sein Magen aber war voll Ei.

Auch am nächsten Tag hörte er die Henne Kuku gackern.

Wieder fand er das Loch in der Mauer und kroch hindurch. Er verschlang das Ei und wieder füllte sich sein Magen mit Wohlbehagen, als er durch den Schlitz in der Wand zurückkehrte.

Als seine Frau ihn später zufrieden eingerollt liegen sah, kam sie heran:

»Pass auf!«, fauchte sie böse. »Es wird Ärger geben. Wenn du so weitermachst, werden sie dich bald fangen!«

Aber Nzoka schloss die Augen, als er ihre Stimme hörte, und lauschte auf das zufriedene Knurren seines Magens.

Am dritten Tage wartete er schon sehnsüchtig auf Kukus Gackern. In Gedanken daran lief ihm das Wasser im Maul zusammen.

Wieder warnte ihn seine Frau.

»Kah«, sagte er zu sich selbst, »das ist doch gar nicht gefährlich.« Und es schien tatsächlich gänzlich ungefährlich zu sein.

Der Sohn Perembis aber sagte am nächsten Tag zu seinem Vater: »Jeden Tag höre ich Kuku gackern aber sie gackert immer ohne Grund. Ich möchte doch wissen, was da los ist.« Und er versteckte sich hinter dem Getreidekasten.

Kuku legte ihr Ei und gackerte fröhlich und stolz wie immer. Draußen hörte Nzoka die ihm so lieblichen Klänge und folgte ihnen sofort. Er zwängte sich zwischen den Stäben hindurch und blickte sich vorsichtig um – aber da war keine Gefahr, war ja nie eine gewesen.

Er verschlang das Ei. Die Augen des kleinen Jägers beobachteten ihn.

Als Nzoka sich aus dem Schatten der Hütte ins

Sonnenlicht schob, sagte seine Frau zu ihren Kindern:

»Seht, da kommt euer gefräßiger Vater. Er bewegt sich auf gefährlichen Abwegen, die zur Entdeckung und ins Unglück führen ...«

Nzoka zischte wütend und schlug mit dem Schwanz nach seiner Frau.

»Sei still, du Plaudertasche!«

Perembi und sein Sohn aber schmiedeten einen Plan und lachten zufrieden. Am nächsten Tag nahm der Jäger ein anderes Ei und setzte es in einem Tongefäß aufs Feuer.

Gegen vier Uhr suchte Kuku, die Henne, ihren gewohnten Legeplatz auf.

Das Wasser in dem Topf begann zu kochen und langsam wurde das Ei darin hart.

Laut gackernd lief Kuku nach vollbrachter Tat wieder ins Freie. Nzoka hörte es in der Ferne mit gespitzten Ohren.

Schnell nahm Perembis Sohn das frisch gelegte Ei weg und legte an seine Stelle das Gekochte. Äußerlich waren sie ganz gleich.

Nzoka kam an das Loch in der Wand gekrochen und zwängte sich hindurch. Diesmal sah er weder nach rechts noch nach links, sondern hatte nur Augen für das Ei.

Dieses dumme Gerede von Gefahr!

Er lächelte sein schmales Schlangenlächeln.

Hätte er besser aufgepasst, er hätte die Augen der beiden Jäger hinter dem Getreidekasten hervorlugen sehen. Hätte er gar hinter den Getreidebehälter schauen können, so wäre ihm nicht verborgen geblieben, wie sich Perembis Hand um einen groben Knotenstock spannte.

Aber Nzoka war ganz mit dem Ei beschäftigt, nach dem sein Magen verlangte.

Er verschlang es gierig.

›Kah‹, dachte er, ›Kuku muss heute Fieber haben. Ist das Ei heiß!‹

Er schob sich an sein Loch zurück und steckte den Kopf hindurch. Hart rieb er das Ei an den Stäben.

»Die Schale ist aber heute fest!«, brummte er.

Mit aller Kraft presste er sich gegen die Mauer, aber die Schale ließ sich nicht eindrücken.

Immer wieder zwängte er seinen Hals durch die Stäbe. Sein kräftiger Körper stemmte sich gegen den Pfosten, der das Dach hielt.

Ängstlich und aufgeregt wirbelte sein Schwanz durch die Luft. Das hart gekochte Ei hielt ihn fest.

Perembis Sohn aber lachte: »Die Medizin, die dich vom Stehlen kurieren soll, scheint schwer zu schlucken zu sein, du Eidieb!«

Mit erhobenem Stock kam er hinter dem Getreidekasten hervor.

Beim Sonnenuntergang beobachtete Nzokas Weib mit ihren Kindern, wie Mbisi, die Hyäne, den leblosen Körper ihres Vaters fortschleppte.

»Hongo«, sagte Daudi. »Keiner kann sündigen ohne zu sterben. Auch diese Rechnung stimmt. Das ist ein schweres und hartes Wort. Aber es stimmt.«

Als sie aufbrechen, die einen in ihre Hütten, die anderen in die Krankensäle, wartet M'gogo im Schatten des großen Baumes auf Daudi.

»Erzähl mir mehr davon«, bittet M'gogo. Aufmerksam schaut er Daudi an: »Ich habe Angst vor dieser Sache.«

»Es ist gut, wenn man sich davor fürchtet«, nickt Daudi. »Aber wenn du deine Ohren aufmachst und meine Worte begreifst, wirst du diese Furcht verlieren. Ich werde morgen Abend davon erzählen.«

Man kann nicht alles selber tun

Nyani, der Affe, und sein Freund Tuku hatten eines Tages eine reife Kokosnuss gefunden.

Sie schwangen von Baum zu Baum und warfen sie geschickt einander zu. Sie tobten über die Felder, auf denen die Strohhütten vom vergangenen Jahr langsam verfaulten. Sie jagten ihrer Nuss nach, als sie immer schneller den Abhang zwischen den Buyubäumen hinabrollte. In weitem Bogen sprang sie vom hohen Ufer und landete laut aufklatschend in der Mulde Matope.

Ärgerlich schwatzend standen Nyani und Tuku am Rand der Böschung. Die Mulde war voller Lehm; ein gefährlicher Ort, den selbst Jumbo, der Elefant, mied, weil man in dem zähen Morast stecken blieb und immer tiefer und tiefer einsank.

Tuku stand am Ufer und sah die Kokosnuss außer Reichweite verführerisch in der Mulde liegen.

»Du, Nyani, pass auf, ich hol sie«, prahlte er. Seine Füße stemmte er gegen einen Stein und sprang weit hinaus. Ganz nahe bei der Nuss landete er. Seine Pfoten waren lehmig geworden, aber

nach Affenart wischte er sie schnell an seinem
Schwanz ab. Er packte die Nuss und lachte zu
Nyani hinauf: »Siehst du, ich habe sie schon!«

Nun wollte er zum Ufer zurück, aber sein linker
Fuß steckte fest. Er versuchte, sich mit dem rechten kräftig abzustoßen, wie man das als Affe eben
in solchen Fällen zu tun pflegt. Aber bevor man
noch hätte das Wort Kokosnuss aussprechen können, steckten seine beiden Pfoten bis an die
Knöchel im zähen Sumpf. Tuku warf die Nuss fort.
Er zappelte und schrie. Langsam stieg der Lehm
an seinen Beinen höher. In seiner Angst rief er seinem Freund am Ufer zu: »Hilf mir doch!«

Aber Nyani kratzte sich nur in seiner Hilflosigkeit. Er war nicht schlauer als andere Affen auch. So lamentierte er aus Leibeskräften, denn zum Schwätzen braucht man wenig Klugheit.

Tuku, der immer tiefer sank, schrie: »Was soll ich denn machen?« Nyani hing mit seinem Schwanz an einer Schlingpflanze und pendelte langsam hin und her. Dabei dachte er angestrengt nach.

Tuku zappelte immer aufgeregter. Das Moor reichte schon fast bis an seine Knie. Je mehr er kämpfte, desto tiefer sank er ein. Und je tiefer er einsank, umso heftiger zappelte er.

Endlich hatte Nyani seine Idee ausgebrütet. »Ich hab's, Tuku«, schrie er. »Du hast doch einen kräftigen Schnurrbart! Pack ihn, und zieh dich daran heraus!«

Tukus Stimme überschlug sich vor Freude. Jetzt war er gerettet. Er packte seine Haare und zog sich mit ganzer Kraft in die Höhe. Fast schien es, als hätte er Erfolg.

Aber nur seine Rückenwirbel knackten. Der Sumpf stieg höher und höher.

Tuku klammerte sich an seine Schnurrbarthaare und zog wieder und wieder.

Nyani rannte aufgeregt am Ufer entlang und schrie: »Zieh dich doch heraus!« Aber immer höher stieg das Moor. Es erreichte Tukus Arme, presste sich gegen seine Rippen und erschwerte das Atmen. Schließlich reichte es bis an seinen Hals. Tuku konnte kaum noch schlucken.

Das Moor erreichte Tukus Kinn. Er kämpfte verzweifelt, um Mund und Nase über der Oberfläche zu halten. Aber das Moor stieg.

Tukus Augen rollten furchtbar. Er umkrallte seinen Schnauzer und zog mit aller Macht. Aber das Letzte, was Nyani am Ufer von seinem Freund sah, waren zwei hoch gereckte Affenpfoten, die sich um ein paar ausgerissene Schnurrbarthaare krampften.

Dann glättete sich die Oberfläche des Sumpfes Matope allmählich und ein paar Wellenringe waren die letzten Zeugen von Tuku, dem Affen, der sich an seinem eigenen Schnurrbart hatte aus dem Sumpf ziehen wollen.

Unter die Geräusche, die aus dem nächtlichen Urwald herüberdringen, mischen sich hörbar die Seufzer von M'gogos Freunden.

»Wie heißt dieser Sumpf, Matope?«, fragt Daudi. »Man gerät leicht hinein, kommt aber allein nicht wieder heraus.«

Nachdenklich antwortet M'gogo: »Der richtige Name dieses Sumpfes muss Sünde sein.«

Daudi nickt: »Ich habe auch einmal in diesem Sumpf gesteckt und versucht mich an meinen eigenen Haaren herauszuziehen. Ich dachte zuerst auch, ich könnte mich selbst wieder befreien. Aber je mehr ich mich anstrengte besser zu werden, umso tiefer sank ich. Und dann sah ich einen am Ufer stehen. Sein Gesicht konnte ich nicht erkennen, aber seine Hand, die er mir entgegenstreckte, trug eine tiefe Narbe. ›Gib mir deine Hand‹, sagte er, ›ich bin der einzige Weg hier heraus.‹

Ich aber dachte: ›Soll ich? Soll ich nicht lieber

weiterkämpfen und versuchen, selbst herauszukom-
men?‹ – Doch dann spürte ich wieder den Sog nach
unten und da erkannte ich, dass die, welche im
Sumpf bleiben, im Sumpf sterben müssen. Ich merkte,
dass es keinen anderen Ausweg gibt. Da legte ich
meine Hand in seine Hand und er zog mich heraus.

Am Ufer sagte er zu mir: ›Folge mir, denn ich bin
gekommen, um dir Leben, neues Leben zu geben.‹
So bin ich hinter ihm hergegangen. Es sind Zeiten
gekommen, da bin ich wieder in den Sumpf ge-
rutscht. Aber jedes Mal war seine Hand da und hat
mich wieder herausgezogen.

Es hat keinen Sinn jemand anderem zu folgen.
Seine ausgestreckte Hand ist immer da und er ist
sehr stark. Ihr braucht nicht mehr zu tun, als eure
Hand in seine Hand zu legen. Er hält sie dann fest,
denn er ist Christus, Gottes Sohn.«

Der Affe,
der nicht an Krokodile glaubte

»Nein«, rief Titu, einer der kleinen Neffen Nyanis, des Affen, »nein und nochmals nein, ich glaube es einfach nicht.«

Er schaukelte mit seinem Schwanz an einem Ast des großen Buyubaumes und schnitt seinem Onkel hässliche Grimassen.

Nyani hockte am Boden und lauste sich eifrig mit sichtlichem Erfolg. Der kleine Schreihals oben im Baum kümmerte ihn nur wenig.

Aber Titu lamentierte weiter: »Als ich klein war, wolltet ihr mich mit einem furchtbaren Krokodil mit funkelnden Augen erschrecken, das mich fressen würde, wenn ich nicht gehorchte. Ihr wolltet mir weismachen, es gäbe ein Unwesen, das so groß wäre wie ein umgestürzter Baum und dessen Fell aussähe wie trockener Lehm. Sein Schwanz soll stärker sein, als der Rüssel des Elefanten Jumbo.«

»Titu, du bist ein kleiner Affe mit einem noch kleineren Verstand«, erwiderte Nyani langsam. »Krokodile sehen genauso aus, wie du sie eben

beschrieben hast. Und Affen, besonders die kleinen, betrachten sie als auserlesene Leckerbissen.«

»Ja, ja«, unterbrach ihn Titu aufgebracht und
verzog verächtlich den Mund. »Erzähle ruhig weiter. Ihre Zähne sind schärfer als die Klauen
Chewis, des Leoparden, sie haben dickere Haut
als das Rhinozeros Kifaru und ein größeres Maul
als Kiboko, das Flusspferd.«

Nyanis Augen wurden dunkel vor Ärger. Er
beugte sich blitzschnell vor und schlug nach dem
kleinen Affen. Aber Titu schwang sich geschickt
außer Reichweite und lachte.

»Ja, ja, ich weiß. Aber jetzt bin ich erwachsen

und habe Besseres zu tun, als eure Märchen zu glauben.«

Für einen Augenblick vergaß Nyani sich zu kratzen. Der Zorn verschlug ihm die Sprache. Er schwang sich mit hohen, weiten Sätzen durch die Kronen der Kikujubäume bis zu den großen, grauen Felsen. Dort ließ er sich nieder, um in Ruhe über die Rüpelhaftigkeit der heranwachsenden Jugend im Allgemeinen und über die kleinen Affen, die nicht an Krokodile glauben wollten, im Besonderen nachzudenken.

Titu erspähte Twiga, die Giraffe, die grüne Spitzen von einem Dornbusch knabberte.

Er kletterte auf gleiche Höhe mit ihrem Kopf und grüßte respektvoll, wie es im Dschungel Sitte ist.

»Twiga, hast du schon von einem Tier mit dicker Haut, einem kräftigen Schwanz und listigen Augen gehört, das im Sand kriechen und im Wasser schwimmen kann?«

Twiga griff mit der langen, schwarzen Zunge nach ein paar Blättern.

»Sicher«, sagte sie dann kauend, »du meinst das Krokodil. Es ist nicht gerade liebenswürdig, hat dafür einen umso größeren Appetit. Es wohnt in Wasserlöchern und Sümpfen und an dem großen Fluss. Ich habe eine Tante, die ist einmal …«

Da unterbrach Titu sie schreiend und drehte ihr eine lange Nase. »Ach, du hast mit meinem Onkel Nyani gesprochen und er hat dir gesagt, dass du mir diesen Bären aufbinden sollst. Kah, ich glaube nicht an Krokodile!«

Er ließ sich zu Boden fallen und lief zu einem Feuerbaum am anderen Ende der Lichtung hinüber. Geräuschvoll knackte er einige Schoten auf. Man konnte deutlich merken, dass er von gutem Benehmen selbst für einen Affen noch wenig Ahnung hatte. Auf einem Busch in der Nähe saß Ndudumizi, der Regenvogel.

»Du bist ein kluger Vogel, Ndudumizi«, sagte Titu. »Hast du schon etwas von einem Tier gehört,

das so groß ist wie ein Baumstamm, dessen
Schwanz so kräftig ist wie des Elefanten Jumbos
Rüssel, dessen Zähne schärfer sind als die Klauen
eines Leoparden? Es soll am Wasser wohnen und
besonderen Appetit auf kleine Affen haben.«

Ndudumizi wippte vorsichtig mit seinem langen, schwarzen Schwanz. »Ja, kleiner Affe«, sagte
er, »du meinst bestimmt das Krokodil.«

Aber bevor er weitersprechen konnte, warf Titu
seine Bohnenschalen nach ihm und machte sich
aus dem Staub. Er kam an einige Felsen, in deren
Schatten Mbisi, die Hyäne, den Tag zu verschlafen
pflegte.

Mbisi war bekannt wegen ihrer hässlichen Gewohnheiten und Ansichten. An Falschheit wurde sie im ganzen Dschungel nur noch von den Geiern übertroffen.

»Du bist doch viel unterwegs, Mbisi«, sagte Titu, »und du weißt eine ganze Menge von dem, was nachts im Urwald vor sich geht. Du hast einen feinen Spürsinn und deine Augen sind noch besser. Hast du schon etwas von einem Tier gehört, das so groß ist wie ein Baumstamm, das dickere Haut hat als das Rhinozeros und aussieht wie getrockneter Lehm in der Sonne? Von einem Tier

mit listigen Augen, einem starken Schwanz und einem großen Maul, das besonders gern kleine Affen frisst? Man will mir dauernd weismachen, dass es am Wasser so etwas gäbe.«

Die Hyäne lachte ihr hässliches Lachen.

»Du bist ein schlauer Affe, Titu. Weißt du«, sagte sie, »die Alten erzählen dir Geschichten, damit du nicht ans Wasser gehst und im ruhigen Wasserspiegel siehst, wie schön du bist. Was meinst du, wie wunderbar du bei Mondschein im stillen Wasser der Tümpel am großen Fluss aussehen würdest!«

Titu kicherte schrill vor sich hin. Er bewegte sich so vornehm er konnte, um die Hyäne noch mehr zu beeindrucken.

Als Mbisi das bemerkte, lachte sie höhnisch und stichelte: »Zeige doch den anderen, dass du schlauer bist als sie alle! Heute ist Vollmond, geh zum Wasser und such das wilde Tier mit dem großen Maul, dem furchtbaren Schwanz und der unvorstellbar dicken Haut!« Damit verkroch sie sich.

Titu konnte den Sonnenuntergang kaum erwarten. Endlich stieg der Mond auf. Langsam, mit klopfendem Herzen, schlich er an den Tümpel, der den Tieren als Tränke diente. Er sah die Fährte Simbas, des Löwen, und verschwand fast in den mächtigen Fußstapfen des Rhinozeros. Dann lag das Wasser silbern und still vor ihm.

Er beugte sich darüber und sah sein eigenes Spiegelbild. Entzückt starrte er darauf nieder, bis ihm plötzlich der Zweck seines Kommens einfiel. Nicht ganz so fest, wie er gewollt hatte, rief er: »Es gibt keine Krokodile und hat nie welche gegeben.«

Ein tiefes Lachen hinter ihm jagte ihm einen eiskalten Schauer den Rücken hinunter. Aber er redete sich ein, es wäre nur Kwale, die Wachtel, die ihren Kindern ein Schlaflied sang.

Titu beobachtete ein Holz, das ruhig über das Wasser trieb. Lehm war daran festgetrocknet. Es kam auf das Ufer zu und verschwand im Schatten. Neben ihm raschelte das Gras.

Es muss der Wind sein, dachte er, obwohl das Wasser ganz glatt war. Wieder hörte er das tiefe Lachen.

»Es gibt keine Krokodile!«, schrie Titu in plötzlicher Furcht.

»Das ist wahr, kleiner Affe«, sagte eine tiefe Stimme hinter ihm, »sehr nützlich und wahr.«

Erschrocken drehte Titu sich um. Etwas Großes, Dunkles bewegte sich auf ihn zu, zwei glühende Augen wurden sichtbar. Plötzlich schnappte ein großes Maul nach ihm. Ein Maul mit Zähnen, die größer waren als jene von Simba,

dem Löwen. Grauen erregend kamen sie näher. Titu fühlte einen heißen Atem, der nach Sumpf und faulem Fleisch roch.

Ha!«, grunzte es gewaltig. »Mich gibt es nicht, wie?«

Noch einmal bewegte sich das riesige Maul, dann klappte es zu. Zwischen den großen Zähnen hervor drang das entsetzte Schreien eines kleinen Affen und eine tiefe Stimme brummte:

»Soso, es gibt mich nicht. Nun, dich gibt es jedenfalls nicht mehr, du kleiner Affe.«

Um die Gestalten, die in der Tropennacht zusammenhockten, bleibt es lange still. Nur die Zweige im Feuer knacken.

»Nun?«, fragt Daudi.

»Das ist wahr«, meldet sich eine Stimme aus dem Hintergrund, »es gibt Krokodile.«

»Und Titu?«, forscht Daudi.

»Er hat es zu spät gemerkt. Als er es glaubte, war es schon zu spät.« M'gogos Stimme klingt merkwürdig heiser.

»Hört«, sagt Daudi, »wenn wir sagen, es gibt keine Krokodile, betrügen wir uns selbst.«

M'gogo nickt heftig.

Da fährt Daudi fort: »In der Bibel steht: Wenn wir sagen, wir haben keine Sünde, betrügen wir uns selbst und nicht jemand anders und die Wahrheit ist nicht in uns. Seht zu, dass ihr es nicht wie der kleine Affe Titu macht.«

M'gogo lächelt. Langsam fängt auch er an zu verstehen.

Kleine Weisheit
über das Füttern von Geiern

Nyani, der Affe, hasste die Geier.

Tichi jedoch, seiner zweiten Frau erster Vetter, war ein ausgemachter Dummkopf. Er tat nur so, als ob er die Geier hasse. In Wirklichkeit machten ihm ihre scharfen Schnäbel, ihre federlosen Hälse, die Art, wie sie ihren Schwanz spreizten, starken Eindruck.

Eines Tages ließ sich ein Geier in der Nähe von Tichis Familienbaum nieder.

Tichis Augen verschlangen jede Bewegung des gemeinen Vogels.

Nach allen Seiten sah sich Tichi um.

Niemand war zu sehen. Da warf er dem Geier schnell etwas Futter hinunter. Aber eine Stimme in ihm warnte ihn laut vor den Geiern. So schrie er ihn barsch an und trieb ihn mit vielen Gesten fort.

Am nächsten Tag kamen zwei Geier. Tichis Augen glänzten, als er sie durch ein Loch im Baum beobachtete. Verstohlen sah er sich um, aber niemand war zu sehen. Wieder warf er den

teuflischen Vögeln Futter zu. Sie kamen näher und schrien, dass Tichi die Ohren wehtaten.

Bald kamen mehr Geier. Sie wagten sich immer näher, denn Tichi fütterte sie immer wieder. Danach schrie er mit einer Stimme, die bis in die fernen Dornbüsche drang, und drohte Steine zu werfen. Es würde die Vögel erschreckt haben, wenn er ihnen nicht stattdessen immer wieder Futter zugeworfen hätte. Die Geier schlugen mit den Flügeln, wichen aber nicht von der Stelle.

Twiga, die Giraffe, sah das alles von ihrem vorteilhaften Platz über den Dornbusch hinweg und schüttelte traurig den Kopf. Sie wusste, dass jeder, der Geier füttert, Unglück heraufbeschwört.

Eine Woche verging.

Die Geier hielten nicht länger Abstand. Sie kamen bis an den Stamm heran und fraßen gierig, was der Affe ihnen heimlich an Futter zuwarf. Er beobachtete sie gebannt, obwohl ihm vor Angst die Knie schlotterten.

In der Mittagshitze des nächsten Tages kreisten die frechen Geier bereits dicht über dem Buyubaum. Tichi schrie wie ein Wilder. Aber sie krächzten nur und ließen sich flügelschlagend in dem Baum nieder. Wild pickten sie nach dem Futter.

Über ihnen kreisten andere Geier und immer

mehr und mehr kamen angeflogen. Sie erfüllten den Baum und rückten näher und näher an Tichi heran.

In seiner Furcht schlug Tichi mit einem Knotenstock um sich. Aber es nützte wenig. Die Geier, die er angelockt hatte, überwältigten ihn schnell.

Mit ihren hässlichen Schnäbeln bedrängten sie ihn. Sein schriller Hilfeschrei wurde vom Krächzen der Geier verschlungen.

Bei Sonnenuntergang kehrte Nyani aus dem Dschungel zurück. Entsetzen packte ihn, als er die Gebeine des ersten Vetters seiner zweiten Frau sauber abgenagt unter dem Familienbaum liegen sah.

»Kah«, sagt einer der Zuhörer und schüttelt sich, »ich werde schlecht träumen heute Nacht.«

»Ja, ja«, sagt ein anderer und fasst nach dem Stuhl, auf dem er gesessen hat. »Ich sehe förmlich den Kopf mit dem federlosen Hals auf mich einhacken.«

Daudi lächelt, dann wird er aber gleich wieder ernst.

»Einige von euch haben mir gesagt, dass ihnen unsaubere Gedanken zu schaffen machen. Meine Geschichte gibt darauf eine gute Antwort. Gebt ihr diesen Gedanken neue Nahrung durch das, was ihr

seht, hört oder erzählt, so kreisen sie über euch und eurem Leben.

Lasst ihr sie hungern, so fliegen sie fort. Nur wenn ihr sie füttert, kommen sie in immer größer werdenden Scharen. Viele Herzen sind angenagt von diesen teuflischen Schnäbeln.«

»Hongo«, sagte M'gogo leise zu sich selbst, »diese Worte gelten mir.«

Auf der verkehrten Seite

Eine geschlagene Stunde schaut M'gogo bereits durch das Apothekenfenster. Daudi lächelt vor sich hin, während er weiter Kopfschmerzpulver mischt. Jetzt wird M'gogo wohl bald herauskommen mit dem, was ihn zur Apotheke getrieben hat.

»Aber wie?«, fragt M'gogo plötzlich.

Daudi blickt auf. »Was wie?«

M'gogos Gesicht verdunkelt sich: »Wie kann ich von meiner Sünde frei werden?«

Daudi klebt ein Schild auf die Flasche, die er eben gefüllt hat, dann blättert er in einem zerlesenen Buch.

»Hier steht: Tut Buße und bekehrt euch, damit euch eure Sünden vergeben werden.«

M'gogo rollt mit den Augen. »Diese Worte sind größer als mein Verstand«, entgegnet er ein wenig hilflos.

Daudi rufen jetzt andere Pflichten.

»Warte bis heute Abend«, vertröstet er ihn, »dann setzen wir uns wieder zusammen.«

Nach Sonnenuntergang hocken sie im Halbkreis um das Feuer.

Nur Daudi sitzt auf einem Stuhl, den M'gogo gebracht hat und gibt seine Geschichte zum Besten.

Nyani, der Affe, besaß ein prächtiges Buschmesser, dem er den Namen Panga gegeben hatte. Panga war sein besonderer Stolz und er schärfte es mit Kraft und Geschicklichkeit an dem flachen Stein unter dem Meningabaum, der bei den großen Granitfelsen wuchs. So scharf war es, dass er die Haare an seinem Schwanz damit rasieren konnte.

Wieder und wieder warnte er die kleinen Äffchen seiner Sippe.

»Rührt mir ja Panga nicht an! Wenn ich einen erwische, der mit seinen Pfoten über die Klinge streicht, der soll Pangas flache Seite da zu spüren bekommen, wo sein Fell am dünnsten ist!«

Der kleine Tabu hörte sich diese Warnungen mit gemischten Gefühlen an. Er war wirklich noch klein und sehr dumm. Er schwätzte und kratzte sich und schwang sich auf einen hohen Ast. Als ob ausgerechnet er das große scharfe Messer Nyanis, des ältesten Affen im ganzen Baum, anrühren würde!

Eines Morgens tagte der Rat des Stammes. Nyani und die anderen Ältesten saßen in eifrigem Gespräch um die großen Felsblöcke im Schatten des Meningabaumes. Tabu hockte allein auf einem Ast des Familienbaumes. Heimlich schielte er nach Panga, sah aber schnell wieder weg. Sein Herz begann stürmisch zu klopfen.

Wieder sah er nach dem Messer. Wie die Schneide blitzte. Kräftig und blank war die Klinge, glatt poliert der Griff.

Seine Augen funkelten. Geschmeidig ließ er sich auf den Boden hinunter.

Er berührte Panga vorsichtig mit der Pfote. Wahrhaftig, der Griff war genauso glatt, wie er aussah.

Zärtlich ringelte sich sein Schwanz um diesen Griff und plötzlich ging es wie ein Schlag durch seinen Körper. Sein Schwanz straffte sich und wie zufällig umschloss er das Messer.

Den Griff umklammernd sprang er auf einen hohen Ast. Dort saß er ganz still und betrachtete die funkelnde Schneide. Sein Mund verzog sich zu einem Lächeln. Auch er konnte jetzt die Haare von seinem Schwanz rasieren.

Fast hätte er das Messer fallen lassen, als der Kopf Twigas, der Giraffe, unmittelbar vor ihm auftauchte.

Er begrüßte Twiga mit ausgesuchter Höflichkeit, und mit allem Stolz, dessen ein kleiner Affe eben fähig ist, sagte er:

»Oh, Twiga, mit diesem großen Messer kann ich den Ast hier glatt durchschlagen.«

Er spuckte in die Hände, packte das Messer fester und schlang seinen Schwanz um den Ast.

Dann schlug er zu, dass die Späne flogen.

Twiga zog sich schnell zurück und zwinkerte mit ihren milden Augen.

»Pass auf, Kleiner! Du bist auf der falschen Seite! Setz dich lieber so, dass dein Rücken zum Stamm gekehrt ist.«

Aber Tabu war viel zu beschäftigt um auf sie zu hören. Er spuckte sich noch einmal in die Hände und schlug nur noch fester zu.

Die Späne flogen in hohem Bogen. Twigas Stimme wurde eindringlicher. Langsam und deutlicher sagte sie: »Ändere deine Richtung, kleiner

Affe, mit dem Rücken zum Stamm bist du sicher, aber wo du jetzt bist ...«

Mit leuchtenden Augen schlug Tabu noch einmal zu. Ein großer Span surrte an Twigas Ohr vorbei. Der Kleine aber grinste triumphierend.

»Mit einem solchen Messer ...«, begann er, aber ein scharfer Krach unterbrach ihn. Vor Schreck ließ Tabu Panga fallen und zog sich zitternd weiter auf den Ast hinaus zurück.

»He«, rief Twiga und ihre lange schwarze Zunge schnalzte vor Erregung, »komm zurück, Tabu. Spring über die Bruchstelle und komm auf die andere Seite, auf das sichere Ende am Stamm.«

Aber Tabu zitterte und schwatzte nur, als der Ast noch weiter durchbrach.

Twiga kam ganz nahe heran und redete auf ihn ein.

»Tabu, sei vernünftig, komm zurück. Wenn du nicht einsiehst, dass du auf der falschen Seite hockst, dann gibt es ein Unglück!«

Wieder knackte der Ast und Tabu kletterte noch weiter nach außen.

»Besinn dich doch und komm herüber«, schrie Twiga. »Das ist die letzte Möglichkeit!«

Aber Tabu, vor Furcht benommen, schüttelte den Kopf und lief hinaus an die Spitze des Zweiges. Der Ast senkte sich.

»Schnell«, schrie Twiga, »komm herüber, schnell!«

Aber mit einem furchtbaren Krach brach der

Ast durch. Nichts war in der Nähe, an dem sich Tabu hätte fest halten können. Hals über Kopf fiel er hinunter und schlug auf einen großen Stein. Still lag er neben Panga, dem Buschmesser, auf dem Boden.

Twigas Augen blickten traurig.

»Ich habe ihm so oft gesagt, dass er in die andere Richtung laufen soll«, sagte die Giraffe nachdenklich …

Die Gruppe am Feuer denkt über das Schicksal des kleinen Affen nach. Daudi zieht ein Stück Papier aus der Tasche, rollt es zusammen, hält es ans Feuer und entzündet seine Sturmlaterne.

»Auch ihr«, sagt er und zeigt auf seine Zuhörer, »auch ihr seid auf der falschen Seite. Die Bibel sagt: Ändert euren Sinn. Kommt auf die andere Seite und bekehrt euch, damit eure Sünden vergeben werden.«

Er steht auf und geht zum Spital hinauf.

Als M'gogo der Sache auf den Grund gekommen ist, sagt er zu sich selbst: »Ich bin auch noch auf der falschen Seite.«

Warum Gott Jesus sandte

»Hongo«, sagt Daudi, »jeder von euch kennt Chibua, meinen kleinen Hund mit den fröhlichen Augen und dem immer wedelnden Schwanz.«
   Die Köpfe im Halbdunkel nicken.

Vor einigen Wochen nahm ich Chibua zum Erdnüssepflanzen mit. Als wir den Boden bearbeitet hatten – ich mit meiner Hacke, er mit seinen Hinterpfoten – begann ich zu pflanzen. Ich hatte Furchen gezogen und machte mich an die Arbeit. Aber bald fand ich heraus, dass Chibua hinter mir hertrottete. Alles, was ich pflanzte, scharrte er mit seinen Pfoten wieder aus.

Da drehte ich mich um und sagte zu ihm: »Du bist ein dummer, kleiner Hund!« Er sprang auf mich zu. Seine Augen leuchteten und sein Schwanz wedelte vor Freude. »Hör zu«, sagte ich, »von den Erdnüssen, die ich pflanze, müssen wir später leben. Wenn du die Saat ausscharrst, gibt es keine Ernte. Dann werde ich verhungern und du mit mir. Man darf Erdnüsse, die gesät sind, nicht ausgraben!«

Er wedelte mit dem Schwanz und ich sagte mir: »Ich habe ihm freundlich erklärt, worum es geht; jetzt hat er es begriffen.«

Am nächsten Tag kam Chibua wieder mit. Und genau wie am Tage vorher scharrte er Nuss für Nuss aus der Erde. Da packte ich ihn und verabreichte ihm eine ordentliche Tracht Prügel.

Ganz überrascht heulte er auf und zog betrübt seinen Schwanz ein. Der freudige Glanz war aus seinen Augen gewichen. »Chibua«, sagte ich zornig, »wenn du die Saat ausscharrst, gibt es keine Ernte und wir müssen beide verhungern.«

Der Hund schämte sich und strich um meine Beine. Jetzt wird er es verstanden haben, sagte ich mir. Auf den grimmigen Ton kommt es an. Jetzt ist alles in Ordnung.

Am nächsten Tag steckte ich einen Knochen zu mir. Es ist gut, dachte ich, wenn man Gehorsam belohnt.

Wieder setzte ich Nüsse. Als ich mit der ersten Reihe fertig war, sah ich Chibua kommen. Er wollte gerade zu scharren anfangen. Da gab ich ihm den Knochen mit dem Fleisch. Seine Augen blitzten vor Freude und sein Schwanz konnte sich gar nicht beruhigen.

Ich war gut zu ihm gewesen und dachte: Er muss erkannt haben, dass wir nichts ernten können, wenn er die Nüsse herausscharrt. Ohne Ernte gäbe es Hunger, Sorge und Tod.

Aber am nächsten Tag fing er doch wieder an zu scharren. Ich war traurig und bestürzt. Ich setzte mich unter den Buyubaum und dachte lange nach.

Wie sollte ich Chibua Verständnis beibringen?

Ich hatte freundlich mit ihm geredet und ihn scharf zurechtgewiesen. Beschenkt hatte ich ihn auch. Auf alle mögliche Weise hatte ich versucht, mich ihm verständlich zu machen. Was sollte ich nun noch tun? Es gab nur noch eine Möglichkeit. Ein Hund hätte ich werden und in seiner Sprache mit ihm reden müssen. Dann hätte er mich verstehen können.

Als ich darüber nachdachte, fiel mir ein, dass aus demselben Grund der allmächtige Gott seinen Sohn Jesus geschickt hat. Er wurde ein Mensch wie ich, geboren wie ich und wuchs heran wie ich. Sein Leben war wie mein Leben. Und er lebte, damit ich Gott verstehen kann. Denn ich kann Gott nur verstehen, wenn ich an Jesus denke.

Aus kleinen Leoparden
werden große Leoparden

Perembi, der Jäger, schlich leise durch den Dschungel. In der rechten Hand trug er den Bogen, über den Rücken hatte er einen Köcher mit Pfeilen gehängt. Von seiner Hüfte baumelte das Jagdmesser und mit der Linken umklammerte er den Jagdspeer, an den er seine schärfste Spitze gesteckt hatte. Behutsam bewegte er sich gegen den Wind. Seine Augen erforschten jeden Schatten, jeden Strauch in dem dichten Dorngestrüpp, das er durchschritt. Plötzlich hielt er an. Da bewegte sich doch etwas!

Blitzschnell legte er einen Pfeil auf den Bogen, aber dann spuckte er enttäuscht aus. Es war nur ein Zebra, das keinem Jäger Nutzen bringt. Denn Zebrafleisch ist eine Beleidigung für jeden Magen.

Perembis Sinn stand nach einem Leoparden, für dessen Fell man auf dem Markt viele Kühe bezahlen könnte.

Er setzte seine Pirsch fort. Der Busch um ihn her dämpfte das Licht, ließ es in Tupfen und

Streifen fallen. Scharf gingen seine Augen umher.
Chewi, der Leopard, konnte sich in diesem Ge-
strüpp gut verbergen. Es konnte passieren, dass
man ihn nicht eher entdeckte, als bis er mit seinen
starken Zähnen und Pranken über einen herfiel.

Plötzlich sprang Perembi in den Schatten eines Baumes und wartete regungslos. Er hatte etwas erspäht.

Erregt sah er genauer hin, aber diesmal war es nur Twiga, die Giraffe, deren Körper im Schatten kaum zu erkennen war. Nur ihr Kopf ragte über die Bäume und knabberte naschend an den grünen Schoten. Ärgerlich setzte Perembi seinen Jagdzug fort.

Wieder verhielt er plötzlich den Schritt und diesmal wurde er nicht enttäuscht. Den schärfsten Pfeil legte er auf den Bogen und schlich leise hinter einen großen Buyustamm. Sein Speer lag wurfbereit in der Nähe.

Auf einem Felsen in der Sonne lag Chewi, der Leopard.

Perembi setzte den Bogen an. Seine Augen funkelten, als er sah, was für ein großes Tier er vor sich hatte. Klar zeichneten sich die Flecke an dem dunklen Fell ab. Es hatte ein prachtvolles Fell.

»Das wird ein lohnender Fang«, jubelte Perembi.

Sorgfältig zielte er. Der Pfeil schwirrte ab. Perembi sprang an der anderen Seite des Baumes hervor, in der einen Hand den Speer, in der anderen das Jagdmesser schwingend.

Gespannt, zum Sprung nach vorn oder zur Flucht bereit, wartete er, dann senkte er langsam die Waffen. Ein Lächeln huschte über sein Gesicht. Sein Pfeil hatte genau getroffen. Chewi, der Leopard, war tot. Seine mächtigen Muskeln lösten sich.

Perembi machte sich daran, die große Wildkatze abzuhäuten. Mit dem Daumen prüfte er die Schneide seines Messers. Wie scharf sie war! Er überlegte, wie er schneiden müsste, um das Fell möglichst unbeschädigt zu lassen.

Da spürte er instinktiv eine Gefahr. Die Haare standen ihm zu Berge. Er fasste den Speer, wandte sich um und da – keine zwei Schritte entfernt, stand ein zweiter Leopard.

Perembi war ganz ruhig. Sein Messer blitzte auf und bohrte sich in die Rinde eines Dornbusches. Er schnitt einen Streifen Rinde ab, verknotete ihn und schlang ihn vorsichtig um den Körper des Leoparden – es war der kleinste, den er je gesehen hatte – und band ihn an einen Baum.

Dann häutete er das große Tier. Als diese Aufgabe gelöst war, schwang er sich das Fell über die Schulter, dass der große Kopf des mächtigen Raubtieres fast über den Boden schleifte. Er löste die Rinde, an die er den kleinen Leoparden gebunden hatte, vom Baum und schwang ihn sich ebenfalls auf den Rücken. Mit beschwingten Füßen schritt er durch den Dschungel seiner Hütte zu. Er dachte an den Gewinn, den er beim Verkauf des großen Felles erzielen würde, und malte sich aus, was er sich nun alles kaufen könnte. Ich bin ein mutiger, geschickter Jäger, dachte er bei sich und besitze ein großes Vermögen.

Mit einem Siegeslied auf den Lippen betrat er das Dorf. Die Leute begrüßten ihn und die Kinder lachten und schrien vor Staunen und Freude. Dann sahen sie den kleinen Leoparden.

»Ja«, riefen sie. »Heeh, das ist ein süßer kleiner Kerl. Schaut nur, was für liebe Augen er hat.«

Die kleinen Hände streichelten das Fell.

»Ja«, sagten sie, »damit wollen wir spielen.«

Der Jäger lachte und zeigte den Ältesten des Dorfes das wertvolle Fell. Der Häuptling, der von seinem Erfolg gehört hatte, kam ihn zu begrüßen und lobte sein Geschick. Dann sah er die Gruppe der lachenden Kinder. Plötzlich blieb er stehen und hob seinen Speer.

»Kah«, sagte er, »ein kleiner Leopard ist kein

friedliches Tier, das wir in unserem Dorf haben wollen. Aus kleinen Leoparden werden große Leoparden und große Leoparden töten.«

Aber die Kinder bedrängten ihn: »Bitte, töte unseren kleinen Leoparden nicht. Sieh doch, was er für zahme Augen hat und wie er den Brei aus unseren Händen frisst. Seine Tatzen sind viel zu klein, als dass sie uns verletzen könnten. Und seine Zähne, schau nur, die sind ja ganz winzig.«

Auch der Jäger trat für sie ein. »Es kann ja nichts passieren«, sagte er, »es ist ja nur ein kleines Tier.«

»Sicher«, sagte der Häuptling; der zugleich der beste Jäger seines Stammes war, »aber aus kleinen Leoparden werden große und die großen töten. Hört auf meinen Rat und lasst mich ihn jetzt töten!«

Aber alle widersprachen ihm.

Tag für Tag fütterten die Kinder den kleinen Leoparden mit Haferbrei und langsam wuchs er heran. Seine Zähne wuchsen und seine Tatzen und die dunklen Flecken auf seinem Fell wurden immer größer. Aber noch immer hatte er die freundlichsten Augen, die man sich nur denken konnte. Die Kinder spielten mit ihm und die Rauheit der Kleinen ärgerte ihn nicht. Sie zogen ihn am Schwanz und an den Ohren, aber immer blieben seine Augen freundlich. Um die Essenszeit schoben sie ihm den Brei unbekümmert ins Maul.

Seine Zähne und Tatzen aber wuchsen und auch die dunklen Flecken auf seinem Fell.

Eines Morgens stand der Häuptling vor Perembis Hütte, das Jagdmesser in der Hand. Durch die Öffnung trollte der nun herangewachsene Leopard. Der Häuptling trat zurück, das Messer zum Stoß bereit.

Aber die Nachbarn fielen ihm in den Arm und riefen:

»Steck dein Messer ruhig in die Scheide, Häuptling! Das ist unser Leopard, den wir mit Haferbrei großgezogen haben. Er hat die freundlichsten Augen im ganzen Dschungel. Der ist uns sicher. Und unsere Kinder spielen mit ihm.«

Aber der Häuptling schüttelte den Kopf: »Und wenn er nur mit Brei aufgezogen wurde und die Kinder noch so schön mit ihm spielen. Aus kleinen Leoparden werden große und die großen töten!«

»Kah«, sagte lachend Perembi, warf das Tier mit dem Fuß um und kitzelte es mit der großen Zehe. Das Tier schnurrte tief und wälzte sich vor Vergnügen.

»Ach«, sagte er, »vor ihm braucht man keine

Angst zu haben. Vor anderen vielleicht, aber nicht vor diesem. Er hat ja nur Brei zu fressen bekommen.«

Der Häuptling hob die Schultern. »Ihr habt meinen Rat gehört. Es gehört zur Natur der Leoparden, dass sie töten.«

Aber die Dörfler hörten nicht auf ihn. Täglich fütterten sie ihren Leoparden. Seine Zähne wurden kräftiger, seine Tatzen wuchsen und die dunklen Punkte auf seinem Fell wurden immer mehr. Seine Augen aber verloren ihre Freundlichkeit nicht, auch wenn vier Kinder auf seinem Rücken ritten und ihn mit dem Schwanz dirigierten.

Manche im Dorf schüttelten die Köpfe und sagten:

»Ja, es ist ein mächtiges Tier geworden. «

Aber Perembi lachte nur.

»Freilich. Aber er ist ja nur mit Brei gefüttert worden, es ist keine Wildheit in ihm.«

Der »kleine« Leopard fraß Brei in großen Mengen. Eines Tages waren seine Zähne größer als die, welche Muganga, der Medizinmann, um seinen Hals gehängt hatte. Seine Krallen waren länger und schärfer als die großen ›Wart-ein-bisschen‹-Dornen im Dschungel. Sein langer Schweif wedelte friedlich und seine Augen waren die freundlichsten im ganzen Urwald.

Dann, eines Morgens, lief das jüngste Kind Perembi's den Pfad zur Quelle hinunter. Ein Dornenzweig ragte über den Weg und das Kleine riss sich das Knie auf. Rot lief das Blut am Bein des Kindes hinunter und große Tränen stürzten ihm aus den Augen.

Als er das Schreien hörte, lief Chewi, der Leopard, dem Kind nach. Mit seiner großen Zunge leckte er das zerschundene Bein. Eine Sekunde lang waren seine Augen noch braun und friedlich, dann plötzlich kam stählerne Härte in sie hinein. Seine große Pranke sauste durch die Luft und das getroffene Kind stürzte kopfüber in die Dornbüsche, zu erschrocken, um schreien zu können.

Chewi, der Leopard, wandte sich um und ging langsam auf das Haus des Jägers zu. Die kräftigen Muskeln spielten unter dem getupften Fell. Die scharfen Krallen spreizten sich. Fletschend gaben die Lippen die langen Zähne mit einem bösen Knurren frei. Ein kaltes grausam-schlaues Leuchten stand in den stählernen Augen.

In der Hütte saß Perembi und schnitzte neue Pfeile. Im Schatten sah er Chewi ins Haus treten.

»Nenda«, rief er, »geh weg!«, und beugte seinen Kopf, um eine raue Stelle zu glätten.

Im gleichen Augenblick schlugen die Zähne und Tatzen Chewi's zu.

In plötzlicher Furcht schrie Perembi auf. Seine Hand griff nach dem Messer, aber die Kraft des ehemals »kleinen Leoparden«, der ein großer geworden war, war zu groß. Nach wenigen Augenblicken lockerte die Hand den Griff um das scharfe Messer. Perembi, der Jäger, hatte die große Reise zu seinen Vorfahren angetreten.

Die Kunde ging wie der Wind durchs Dorf. Wild rannte alles durcheinander und verbarg sich. Der einstmals kleine Leopard strich in seiner Kraft und Wildheit durch das ganze Dorf.

Den Speer in der Hand, trat ihm vor seiner Hütte der Häuptling entgegen. »Ich hatte sie gewarnt«, murmelte er leise.

Dann sprang der Leopard ihn an. Ein wilder Kampf auf Leben und Tod begann. An Händen und Füßen und an der Hüfte wurde der Häuptling verletzt. Der Leopard aber lag endlich tot in seinem Blut.

Der Häuptling rief seine Leute.

»Der Leopard ist tot. Ihr braucht keine Angst mehr zu haben. Aber auch Perembi ist tot. Er hat meine Warnung in den Wind geschlagen. Aus kleinen Leoparden werden nun einmal große Leoparden. Große Leoparden aber töten immer.« –

»Diese Geschichte enthält ein doppeltes Rätsel. Wer ist der Leopard und wer ist der Häuptling?«

M'gogo springt auf:

»Der Name des Leoparden ist ›Sünde‹. Denn aus kleinen Sünden werden große Sünden und große wie kleine Sünden töten. Und der Häuptling ist der Sohn Gottes. Auch er wurde an Händen und Füßen und an der Seite verwundet. Er starb, damit uns vergeben würde.«

»Ja«, bestätigt Daudi, »die Bibel sagt: ›Die Strafe für unsere Sünden lag auf ihm und durch seine Wunden sind wir geheilt.‹«

M'gogos Traum

M'gogo starrt bewundernd auf die vollen Flaschen, die in der Apotheke in langen Regalen aufgereiht sind. Am Tisch steht Daudi und zählt Tabletten. Als er fertig ist, schaut der kleine Afrikaner ihn fragend an.

»Daudi«, sagt er, »in der vergangenen Nacht war Nyani mit seinen Affen bei mir am Bett.«

»Es war eine aufregende Sache. Ich sah ihn auf einem großen Granitfelsen sitzen und die fünf kleinen Affen vor ihm. Es sah so aus, als hockten sie auf dem Ast eines Baumes. Aber es war gar kein Baum da.«

M'gogo stockt etwas, und fährt dann wie entschuldigend fort:

»Jedenfalls konnte ich keinen Baum sehen. Und es war, als ob der Mond durch die geisterhaften Körper der kleinen Affen hindurchschiene.«

Daudi Iächelt: »Du musst einen eigenartigen Traum gehabt haben.«

Als M'gogo merkt, dass Daudi ihn versteht, fährt er fort:

»Nyani redete mit ihnen. Er sagte: ›In der Siedlung der Schwanzlosen wohnt ein Medizinmacher. Der mischt Pulver und schüttet es in große Flaschen. Die Glatthäutigen seines Stammes kommen und schlucken dieses Zeug und verziehen ihre Nase wie Ngubi, der …‹

›Kah‹, sagte Toto, ›so schlau sind eben die Menschen.‹

›Sei still‹, bellte Nyani.

Die fünf kleinen Affen zuckten zusammen und rutschten näher aneinander.

Nyani hob seine Vorderpfote.

›In diesem Dorf der Schwanzlosen erzählt Daudi denen, die zuhören wollen, Geschichten. Unter ihnen war einer namens M'gogo, dem sehr ungemütlich zu Mute war.

Daudi erzählt ihm von dir, Toto, und wie du in deiner Dummheit gefangen worden bist.‹

Toto sah recht bedrückt drein und leckte nervös seine Hinterpfote.

›Dieser M'gogo hatte große Angst‹, fuhr Nyani fort. ›Er schlief schlecht und wachte schweißgebadet auf, denn der bloße Gedanke an solche Fallen quälte ihn.«*

Daudi sieht M'gogo freundlich an: »Du hast erkannt, dass du ein Sünder bist?«

M'gogo nickt nur ein paar Mal. Er will jetzt seine Geschichte erzählen und nimmt seinen Bericht wieder auf:

»Nyanis Blick suchte den Nächsten der fünf Besucher auf dem unsichtbaren Ast.

›Dann hörte M'gogo deine Geschichte mit der Kokosnuss und was in dem Sumpf Matope passiert ist, Tuku.‹

Tuku erblasste und streichelte seine misshandelten Schnurrbarthaare. ›Es ist wahr, Nyani, deine Idee, ich solle mich selbst aus dem Sumpf herausziehen, hat mir wenig geholfen‹, murmelte er.

Nyani tat, als hätte er diesen Einwand gar nicht gehört. Er beschäftigte sich angelegentlich mit seinem Schwanzende, beleckte und liebkoste es zärtlich.

Dabei fuhr er fort: ›M'gogo hat nach deiner Geschichte keine ruhige Minute mehr gehabt! Es ging ihm nämlich in einer ähnlichen Sache genauso.‹

›Ja‹, rief Titu, der kleine schwarze Kerl, ›hat dieser Schwanzlose etwa auch von meiner dummen Einbildung gehört, dass es keine Krokodile gäbe?‹

Er blickte ängstlich über seine Schulter zurück, als befürchtete er, im Licht des Mondes könnte wieder jenes große Maul mit den schrecklichen Zähnen auf ihn zukommen.

Nyani nickte ernst. ›Bei deiner Geschichte ist M'gogos Blut fast zu Wasser geworden. Er glaubte zwar an Krokodile und auch an das, was ihm Daudi erzählt hatte; aber schlimmer war für ihn, dass er aus alledem keinen Ausweg wusste. Er versuchte, dich zu vergessen, aber beim Gedanken an dein Krokodil schüttelte es ihn wie im Fieber.‹

›Tabu‹, schrie Nyani den auf einem Ast wippenden Affen an. ›Hör endlich auf dir dauernd in die Hände zu spucken. Ich glaube‹, Nyani war richtig wild, ›du würdest dir noch einmal den Ast abschlagen, auf dem du sitzt, wärst noch immer zu dumm auf die rechte Seite umzukehren!‹

Da schrie Tabu in großer Angst.«

»Ja«, murmelte M'gogo, »dann war der Traum plötzlich zu Ende.«

Daudi nickt. »Und was hast du gemacht?«

»Ich bat Jesus, meine Sünde auszulöschen, so wie Perembi seine Fußspuren im Sand verwischt. Ich weiß, dass er es getan hat.

Ich dachte an die Narben in seinen Händen und an das Lösegeld, das er am Kreuz für mich bezahlt hat.

Dann fiel mir mein Traum wieder ein und all die Geschichten, die du uns erzählt hast. Man hat wirklich nichts davon, wenn man wie die Affen handelt.«

»Aber, Kah«, der Afrikaner lacht, »man wird richtig froh, wenn man aus der Falle heraus ist, aus dem Sumpf und aus der Gefahr. Wenn man durch das Tor auf die rechte Seite der großen Mauer gekommen ist.«

Daudi nickt.

»Denk daran, dass das neue Leben wachsen muss!« Er zeigt auf die Bibel, die neben ihm auf dem Tisch liegt. »Wenn du fröhlich leben willst, dann denke an die Geschichte von dem kleinen Leoparden und füttere keine Geier! Schau vielmehr auf Jesus, der unseren Glauben stärkt!«

M'gogo nickt. Er scheint keine Angst mehr zu haben.